Por Susan Amerikaner
Ilustrado por The Walt Disney Storybook Team

APRENDENDO A LER - NÍVEL 3

A coleção APRENDENDO A LER foi desenvolvida para contribuir no avanço das crianças em suas habilidades de leitura. O objetivo é que os pequenos progridam até a leitura independente e se beneficiem do novo mundo de possibilidades que se abre com a compreensão do texto escrito. Para isso, a coleção é organizada em quatro níveis com características que auxiliam na motivação para a conquista da fluência.

	Níveis	Ano/série previsto*	Características
1	COMEÇANDO A LER	Educação Infantil e 1º ano	Histórias em letra bastão, com palavras familiares, e ilustrações que auxiliam a criança que dá os primeiros passos na leitura.
2	LENDO COM AJUDA	1º e 2º ano	Histórias com frases curtas e enredo simples para a criança que demonstra certa autonomia no reconhecimento de palavras.
3	LENDO SOZINHO	2º e 3º ano	Histórias um pouco maiores e com mais riqueza de informações para crianças que já conseguem ler sozinhas.
4	MELHORANDO A LEITURA	4º e 5º ano	Histórias com maior experiência de leitura e apoio menor de ilustrações para crianças que avançam em habilidades de compreensão leitora.

*Os níveis de ensino correspondem a uma sugestão. É importante ressaltar que os tempos de desenvolvimento da criança em relação à leitura podem variar.

Moana mora em uma ilha.
Ela ama a ilha.
Acima de tudo,
ela ama o oceano.

O povo da ilha nunca passa
para além do recife.
Isso é por causa
do que aconteceu há muito tempo...

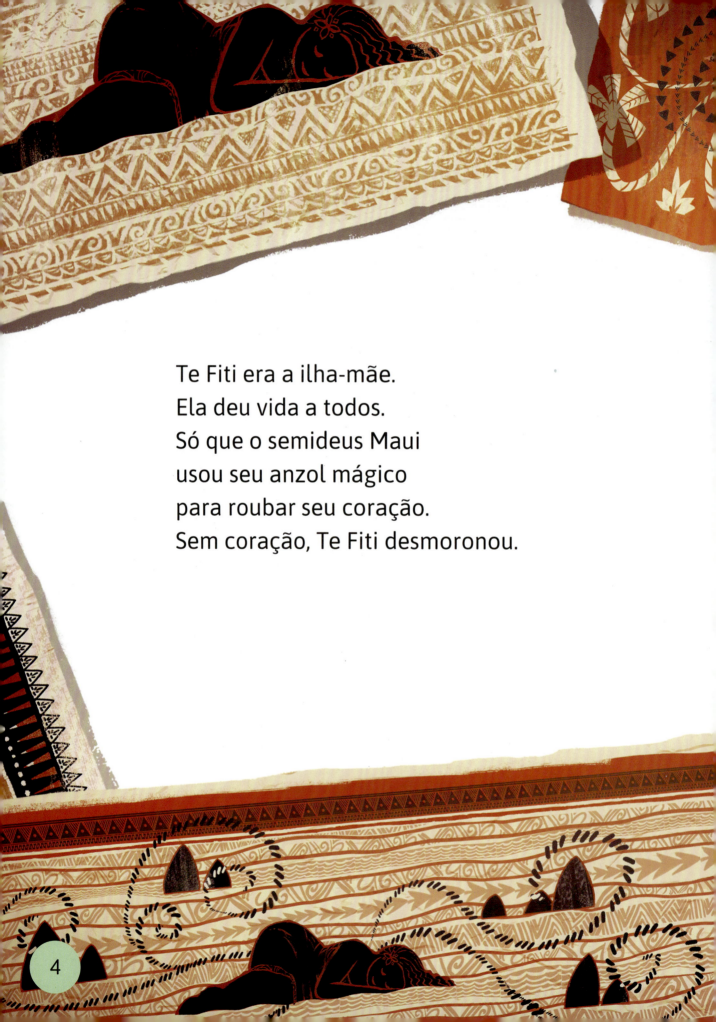

Te Fiti era a ilha-mãe.
Ela deu vida a todos.
Só que o semideus Maui
usou seu anzol mágico
para roubar seu coração.
Sem coração, Te Fiti desmoronou.

Uma terrível escuridão
se espalhou.
O monstro de lava Te Kã
atingiu Maui
e ele perdeu seu anzol.
Maui também perdeu o coração de Te Fiti,
e a escuridão cresceu.

Um dia, o oceano dá a Moana
um presente brilhante.
É o coração de Te Fiti!
Mas Moana o deixa cair.
Vovó Tala o encontra
e o mantém seguro.

Moana cresce.
Seu pai quer
que ela lidere seu povo.
Mas ela não tem permissão
para ir além do recife.

Vovó Tala mostra a Moana
uma caverna secreta cheia de navios antigos.

O povo da ilha costumava navegar
além do recife.
Eles eram desbravadores!

Vovó Tala entrega a Moana
o coração de Te Fiti.
Ela pede que Moana encontre Maui
para que ele devolva o coração
a Te Fiti.

Moana precisa navegar
além do recife.
É a única maneira
de salvar a sua ilha.

Moana aprende sozinha a velejar.
Ela navega além do recife para o oceano aberto.

Uma tempestade cai, e
o oceano leva Moana
para a ilha de Maui.

Finalmente, Moana conhece Maui.
Ele tem muitas tatuagens
que exibem seus feitos.
Maui pensa que é um herói,
mas Moana discorda.

Ela diz a Maui que ele precisa devolver
o coração de Te Fiti.
Maui diz que não.
Ele não tem poder algum
sem seu anzol.

Maui rouba o barco de Moana
e vai embora sem ela.
O oceano traz Moana de volta a Maui
e o faz ensiná-la a velejar melhor.

Eles precisam trabalhar juntos
para devolver o coração de Te Fiti.
Primeiro, Maui precisa encontrar
seu anzol mágico.
Moana vai ajudá-lo.

Moana e Maui vão
para o mundo dos monstros.
Lá, eles encontram o caranguejo
que está com o anzol de Maui.
Moana engana o monstro.

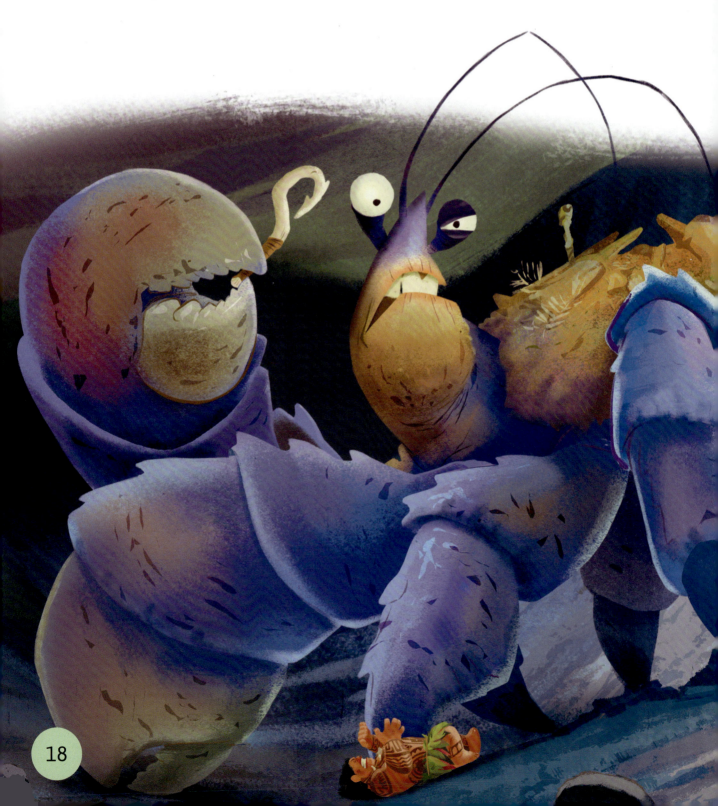

Para distraí-lo, ela mostra a ele
uma pedra brilhante.
Enquanto isso, Maui pega seu anzol mágico.
Seu poder está de volta!
Ele e Moana escapam.

Moana e Maui navegam para Te Fiti.
Te Kã bloqueia o caminho deles.
Maui usa seu anzol
para se transformar em um enorme falcão.

Te Kã ataca
e atinge Maui.
Mas Moana e Maui não desistem.

Moana navega com velocidade.
Ela deixa Te Kã com raiva.

Então, Moana tem uma ideia.

Ela oferece o coração de Te Fiti
para Te Kã.
O coração começa a brilhar.

Te Kã aceita o coração
e se transforma em Te Fiti.

Ela se enche de flores e plantas.
A vida retorna a todas as ilhas.

Moana e Maui salvaram as ilhas!
Eles salvaram um ao outro.
Eles se despedem com a certeza
de que sempre serão amigos.

Maui se transforma novamente em um falcão gigante.

Moana retorna para sua ilha.
Seus pais estão felizes
por ela estar em casa.
Maui a cumprimenta.

Ele é Maui, o herói.
Ela é Moana, a grande desbravadora.

Ela é Moana,
a líder de seu povo!